推薦人

"Shining bright like a diamond is a mission for a woman's life" - Papu Butani (Founder of Butani Jewellery)

閱後感不錯 - Patrick 資深攝影大師

認識 Mira 的日子不長，但是由第一天認識她，已發覺她是一位聰明伶俐的小妮子，而且個性率直純真，為了要達成心願，總是孜孜不倦地努力。

當聽到她想推出自己的著作時，就知道她一定會努力排除萬難，不眠不休都要完成這個出版夢。

問起她著作的內容，小妮子總是顧左右而言他，就像平時的她，總是想保持點神秘感。

這本著作，大有可能就是 Mira 的心事，難怪她不想三言兩語就說出來。

無論如何，在這個手機資訊氾濫的數碼時代，難得還有一位姑娘努力出版書籍，實在是難能可貴，值得支持。

狄港生 (Founder of DiksirAuto)
2023 年 11 月 30 日午後

目 錄

作者簡介

梁美華 Mira Leung
香港城市大學創意媒體理學士，香港大學文學與文化研究文學碩士
影片製作（多做剪接）、Busker、完成 RYT 200 瑜伽課程的瑜珈老師、
平面設計員、演員、主持

20 個關於我的事實

1. 我的興趣是打乒乓球、做瑜珈、聽音樂、看電影、看書，文青。

2. 我最愛吃燒肉、串燒、喝啤酒、紅酒，不愛太甜的食物。

3. 我喜歡花，玫瑰花。

4. 我愛貓科動物。

5. 我愛旅行，探索新事物。

6. 我雙川掌，聽說，女人川字掌，幾次作新娘⋯⋯

7. 我的特別才藝是模仿比卡超跟別人說話。

8. 雖然我不是很少女型，但我也會喜歡粉紅色。

9. 我體型嬌小，適合短跑，但漸漸跑過渣打馬拉松 10KM、半馬 21.1KM、到非洲埃塞俄比亞跑 10KM，才慢慢發現世界六大馬拉松的存在。

10. 我嗜辣，葵涌廣場的重慶酸辣粉、B仔雞翼尖、吃意粉要配 TABASCO、 吃麵要配桂林辣椒醬、吃水餃要配豆瓣醬。

11. 我愛茶，至今喝過難忘的茶是南非琥珀茶，我愛花茶，愛它的香氣，我愛珍珠奶茶，一定要有珍珠。

12. 我愛香水、香薰！

13. 我喜歡菲林相片的質感。

14. 我愛賽車，只玩過 Crazy Cart 而已。

15. 我以為自己考車牌可以一次就合格，但考了數次才如願。

16. 我說話偏小聲，可能缺乏自信，怎麼辦？

17. 我是果粉，很愛 Apple 的產品。

18. 我喜歡出汗。

19. 我喜歡你喜歡我。

20. 原來小小的我都胸懷大志，看看以下你找不找到出來，哈哈哈！

Day1

終於來到這一天

旅行多點,去見識和接觸不同事物,吸收新鮮空氣,負面的能量也可隨之釋放。我小時候想去遍全港圖書館,現在,想看遍全球十大文化遺產,因為美。

還是在家打電動，過日子，哈哈哈！

我們去游泳吧！

也許你會陪我看細水長流♪

真的是細水⋯⋯長流⋯⋯水壓強一點可以
嗎！真不爽！

水暖了。嗯？

特愛聽海浪聲。

小時候不懂游泳，在尖沙嘴的九龍公園室外游泳池嬉水差點遇溺，猛抓著四周救命，最後抓到別人的泳衣，返回池邊，才不致遇溺和跟救生員接吻💋，之後就不敢去水深地方嬉戲。二十二歲那年，覺得懂游泳是求生技能，一定要學懂就在空閒時候去學了，地點剛巧也是九龍公園游泳池，經過時不免想起小時候，一番努力後，算是跟以前的陰影面積說了聲拜拜，學懂了自由式，突然間蛙式也懂了，但就是沒有學到教練慢動作把濕亂的頭髮撥去後的優雅，哈哈哈！

想回去嗎？ 好！

如果你問我，我愛美嗎？最近有美容顧問問我：「你是甚麼時候覺得需要護膚？最近才開始嗎？」我初中的時候，覺得自己頭髮很稀薄，很困擾，在 YES! 雜誌的廣告看到中藥護髮療程，然後跟爸爸説出我的煩惱，在他面前多次抱怨後，終於他帶了我去護髮，那時候我心裡挺害怕的，不太懂如何跟陌生的大人溝通，説出自己的煩惱，做完便離開，還記得做一次盛惠五百元，覺得收費好昂貴，完整療程至少要做十次或以上。最後，我沒有完成整套療程，因為爸爸開始不捨得，我也不好意思要求，哈哈！現在髮量不過不失吧！

　　對了，在説護膚吧，年輕時，誰不長痘痘？但我也沒多理會，最多搽暗瘡膏，反而皮膚黝黑很介意，買了具檸檬精華的面霜，不見得多見效，但心裡就是好想快點起作用吧。然後鼻頭很多黑頭，很想消滅它們，裝了杯熱水來蒸我的黑頭，很燙，回想起來真的很蠢蛋，用熱毛巾敷臉不就好了。待毛孔擴張後就擠黑頭，整個過程很療癒，另類的療癒法，之後就到收毛孔步驟，我曾試用天然方法，自製檸檬蜂蜜蛋白面膜，我記得生雞蛋白很臭，然後就沒有再試了，最後毛孔還是又粗又大，那段時間照鏡子都很懊惱。

我也曾在眉毛上動工，就是它太害羞了，都不起眼，讓我像個無眉娘，就去了做繡眉，做完整個人有了朝氣的感覺，但可惜不是永久的，只維持了半年。

接下來就是毛髮的部份，小時候用了爸爸的剃鬚刀剃腿毛，我懷疑就是這樣，令我大腿的毛孔有點粗糙！超後悔的！然後很想把全身的毛髮都脫光，頭髮除外，曾經很煩惱，真的很想剃光頭，但我也怕異樣的目光，就打消了這個想法，機緣巧合，以後竟接了做尼姑的角色，把煩惱絲脫清光，但以後都不會這樣做了，因為頭髮真的很重要，我喜歡自己長頭髮的樣子。

以往不諳水性，也懶得洗澡🛁，但多跑步和做瑜珈後，洗澡多了，身上的皮膚變好了點。而且和水做朋友後，覺得它有療癒作用，任何想不通的時候，閉上眼，抱整個頭浸在水中，當下的放鬆，即使難題未解決，時間會給你答案。我也試過把整個頭放在水龍頭下直接沖洗換回清醒，哈！

好了，青春期會護膚，慢慢沒理
會，慢慢又到了要護膚的年紀，
時光這個壞人。那麼化妝呢？像
我這樣懶的人，以前不懂的時候，
覺得化妝真的很麻煩，又覺得化
了妝像一只鬼，哈哈哈，現在覺
得化妝很重要，美美的，轉變很
可愛，但卸妝也很重要，好多次
沒卸妝就睡著了，醒來毛孔超粗
大，真的醜。又化妝又卸妝很多
步驟，多麻煩，做女生啊，好麻
煩，又要經痛，又要選擇合適的
胸罩，哈哈，不過我都喜歡自己
是女生。如果有下一世，也想做
一下男生，就會明白為甚麼男生
那麼愛看女生的身材，哈哈哈！
雖然我本身性格也有點像男生，
哈哈哈！

嗯？

咔嚓咔嚓咔嚓咔嚓咔嚓咔嚓咔嚓咔嚓

嘗試跟他心靈感應的時候，牠似乎對我說：「小姐，摸
夠了沒有，爺我趕著下班。」那時，來得及和他合照，
買了一籃香蕉就可以拍照了，在看守的老奶奶都不願意
我觸碰牠，快速攝影完，就要看著老奶奶和魁梧力士帶
領著牠回村落。擁有像橙皮紋的象鼻的大象，也挺可愛
的。

接通中……

那天，載我的是肌膚黝黑的男人，跟我說韓國女生好可愛，我心想：「Ｗ Ｈ Ａ Ｔ? How about me?」他的駕駛速度很快， 我的眼耳口鼻全身五官，吃盡鹽水，一邊享受快速，一邊緊閉雙眼減低鹽水的刺痛感，是不是要帶上護目鏡玩才夠爽呢？週末在香港玩電單車是好好的放電活動呀！

電光幻影 令人著迷

在車廂像置身在Disco 裡面，然而我只是坐在一輛 Tuk tuk 車（篤篤車）內，乘坐 Tuk tuk 車，就可以感受天然風的吹拂。它裡面有音響設備，一邊開車一邊有音樂和視覺燈效，在晚上乘搭，很容易走神，你會不會呢？

Day3

我有甚麼小秘密呢，我從來都很被動，有一次，留意到某君，大概是因為他對我很有禮貌，我記住了他的衣著顏色，然後買了同一顏色的Ｔ恤，知道會再見到他的時候，我就穿上了那Ｔ恤出席，他不會留意到，我也想不到自己會這樣。想多認識他吧，最後也沒多認識。想不到我有這一面吧？

你也試過，對不對？內心活動很豐富，又容易心不在焉。　Miralization 之 佳期如夢

好幾次工作時，在錄影，不知何故，瘋狂打噴嚏，要忍但忍不住，超級辛苦，有次更誇張到要躲在廁格裡等待自己呼吸暢順。不知何故地發作，感覺很差。又有一次工作面試，我表現一般，事後也在廁所內冷靜了一下。哈哈！廁所是很好的暫時避難所。記得，年少時，在馬會當接線生，有個男生常常教我去廁所消磨工作時間，這樣的話，一天很快就過去。現在，時日無多啦，揮霍真的有點浪費生命。易説難辦，共勉之。

很久沒有看電視劇、電影，很久沒有看完一集劇集要等兩日才能繼續觀看的那種心情，不想等待的心情，曾經一口氣看完幾季吸血鬼日記，很難停止，但最愛的都是比較偏門、比較重口味的電影。例如：《鋼琴教師》中，那個女教師出自自嫉妒，把碎玻璃放在女學生的衣服口袋中，使她的手受傷而無法演奏。《迷上癮》中，男主角的母親 Sara 過度嗜藥而變得瘋瘋癲癲，她的演出令人印象深刻。《搏擊會》中，商人泰勒（Brad Pitt 飾）怎樣一邊抓住男主角（Edward Norton 飾）的手，一邊倒化學品焯痛他的手，再口頭教訓他，《鋼琴別戀》中，富商發現妻子出軌，對她用了酷刑， 等等⋯⋯

難忘的電影情節，而我個人本身難忘的經驗呢，有年在中秋節，自製了一個柚子燈籠出席聚會，就是很幼稚。大學畢業旅行，在布拉格玩高空跳傘，我這個人比較壓抑自己的感受，那次在飛機上高空跳下去，不由自主地從心底吶喊出來，沒有停止，就是用吶喊把恐懼釋放出來，完成後，主動給教練一個大大的擁抱。有次下雨，在高速公路旁的道路行走，不停被車輛輾來的雨水淋濕全身，是不停地，不下五六次，我大叫了出來，用力地，真的動了肝火。為何走上那條路呢，為何下雨，當時生氣了半天。

你不在我身邊，我會因為你曾送給我的花，看著它的時候，而想起你。

不用説了。

這種天氣，微風陣陣，三秒已能入睡，我們夢鄉裡再見。

小睡片刻後仍然有陽光，看陽光燦爛的日子，笑容多燦爛，
笑容是女孩最好的妝容。

想起有一晚在春坎角看星，黑夜畫布，繁星點綴，有海浪聲，風，
波光粼粼，香港好美，是有點驚喜，能在香港的夜空中清晰看到那
麼多星星。

甚麼？世界很大？對喔！別在家裡打電動，還有很多風光等著我們！

或是跟著電影場景去旅行，你喜歡嗎？🩶🩶

有次我和我的朋友到日本東京遊，在一間食店中，有位男人跟我們搭訕，他用他僅有的英文詞彙和我們溝通，不停用手機翻譯，我天真的以為他想請我們吃東西，友人說，是他想要我們請他吃飯，最後沒有理會他，離開食店後，我還跟友人辯論了一番，回想起來，友人的說法比較正確，旅行呀，防範之心還是要有。

Day4

終於來到最後一天，「吁！」，這馬兒，有她的名字，但不好意思，我記不住，只記得導遊跟我説：「不好意思，我不太懂英文。」

多謝導遊願意放手讓我嘗試在海邊騎馬奔跑，很感恩，像一名自由自在的騎士。（利申，在大學時做 Group Project，我可不是自由騎士（Free Rider））

說起自由，我也當了九年自由人，在排球隊裡，小四開始加入學校排球隊，一直打到中六為止，曾經是隊長呢，不太稱職的隊長。以前我不懂打排球，只是因為那老師對我很好，我想多見老師幾面，才選擇加入排球隊作課外活動。

記得有位人馬座的朋友，他喜歡了一位嬌滴滴的女孩子，我和我朋友一起協助他表白，買花呀，錄影他的表白片段呀，其實我們心裡覺得勝算不大，但他就是擁有永不放棄的精神。當天，親眼目睹他被婉拒了，事後都不太懂安慰他，不過青春嘛，就是要做不令自己後悔的事。我有時候在想，長大後，是否不會再擁有青春期的衝動和熱情呢？當有人忽然出現在你生命裡，捲起一股浪潮，就會知道青春不是指年齡，而是心境。

突然想起好馬不吃回頭草是甚麼意思？

此刻，很想引用一句來自《艾蜜莉的異想世界》裡的話，
「沒有你，良辰美景可與何人説？」

策馬奔騰，給人一種無拘無束的感覺，而
生活上越想自由越需要自律，一起努力，
奮鬥！

不經不覺，霎眼已黃昏，我想說，
美華只是我的代名詞，浪漫才是
我的本名。

你覺得怎樣？

十六字作旅程的總結

食指大動 佳期如夢 亂世浮生 攜手過渡

我們還會再見嗎？
會吧！養精蓄銳後一起成為更好的自己！

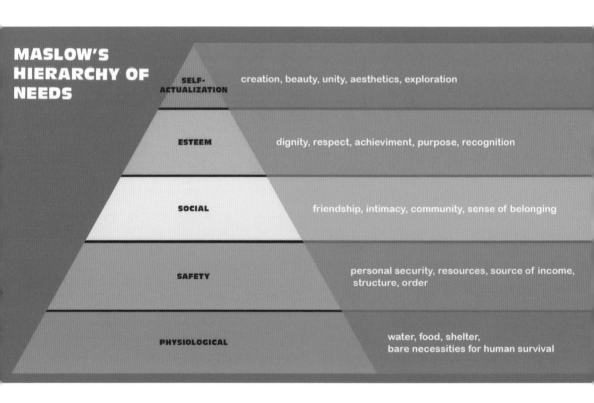

MASLOW'S HIERARCHY OF NEEDS

SELF-ACTUALIZATION: creation, beauty, unity, aesthetics, exploration

ESTEEM: dignity, respect, achievement, purpose, recognition

SOCIAL: friendship, intimacy, community, sense of belonging

SAFETY: personal security, resources, source of income, structure, order

PHYSIOLOGICAL: water, food, shelter, bare necessities for human survival

Credits:

Author: Mira Leung

Model: Mira Leung

Photography: Gary Leung

Art direction & Styling: Mira Leung

Make Up: Cherry Chau

Retouch: N photography & Mira Leung

Mira's studio Ltd

Instagram: miraleung1018

Facebook: Mira LEUNG

Youtube: Mira LEUNG 小美

書　　　　名	Miralization 之 佳期如夢
作　　　者	Mira LEUNG
出　　　版	超媒體出版有限公司
地　　　址	荃灣柴灣角街 34-36 號萬達來工業中心 21 樓 2 室
出版計劃查詢	(852)3596 4296
電　　　郵	info@easy-publish.org
網　　　址	http://www.easy-publish.org
香港總經銷	聯合新零售 (香港) 有限公司
出　版　日　期	2024 年 3 月
圖　書　分　類	流行讀物
國　際　書　號	978-988-8839-42-1
定　　　價	HK$138